INHALT

1. ARMER HUND

Im Geschäft Stress, Termine
glaub ich hock auf einer Mine.
Die jederzeit explodieren kann
bin ich bald als Nächster dran?

Weil ich stets pariere
geht's mir an die Niere.
In schlaflos Nächten rast das Herz
Pillen gegen Angst und Schmerz.

Trink übermässig Alkohol
Aufputschdrogen tun mir wohl.
Esse Fastfood schnell im Stehen
die Arthrose hemmt beim Gehen.

Junger Kerl, bereits ein Wrack
mit vierzig Lenzen, alter Sack.
Im Bett nur eine Niete
meine Frau zahlt dafür Miete.

Mir ist es nicht ums Spassen
weil sie sich will scheiden lassen.
Muss mich nur täglich grämen
solche Sorgen schrecklich lähmen.

Kein Mensch hört mein Klagen
Schmerzen in Herz und Magen.
Kurz, tue es nicht gerne kund
ich bin ein armer, armer Hund!

2. VERZWEIFELT

Nichts bleibt deshalb unversucht
hab die halbe Welt besucht.
Als ich spür, dass es nicht rockt
hab ich mich erst recht geblockt.

Hokuspokus, Tantra Tänze
rosa Tücher, hoch die Schwänze.
Heilsversprechen, Hexenbesen,
Hirngespinste schwer genesen.

Will einfach nicht dran glauben
ich mir selbst das Glück würd rauben.
War niemals zu mir selber lieb
weil ich masslos übertrieb.

Bin ständig am Kneten

am Würgen und Treten.

Statt einfach gelassen

geschehen lassen.

Was nützt schon der Wille

die toxische Pille?

Ich denk viel schlimmer

wird's nimmer.

3. WEGTRETEN

Erst als ich Demut zeige
statt nur fordere, schweige.
Komm ich dem Leiden auf die Spur
zwar mit kleinen Schrittchen nur.

«Willst du es wirklich wagen
in Vergangenheit zu graben?
Auf dass sich alles auflöse»
fragt meine Hypnotiseuse.

Ich murre leis: «Verdammter Mist
was tust, wenn du verzweifelt bist?
Selbst mit dem Teufel dich verbinden
damit es aufhört, mit dem Schinden!»

Dann atme ich tief, immer tiefer

bis mir runter fällt der Kiefer.

Und ich bei einer Ritterbande

im dunklen Mittelalter lande.

4. MITTELALTER

In diese Zeit hineingeboren
fühle ich mich total verloren.
Überlebe ich das, du meine Güte
ich verwöhnte Wohlstandtüte?

Pest wütet, es ist zum Heulen
verbreitet ihre tödlich Beulen.
Millionen sterben grauenhaft
gequält, ermordet in der Haft.

Frauen werden durch Intrigen
zu Hexen, die auf Besen fliegen.
Böswilligkeit und Niedertracht
hat sie grausam umgebracht.

Hirngespinste, Aberglauben

Falken, anstatt Friedenstauben.

Habe keine andere Wahl

mutig rein ins Jammertal!

Willst du mich begleiten

mit mir gen Osten reiten?

Wo sich Ungläubige wehren

werd sie mit Schwert bekehren!

5. ROMANTIK

Hoch oben steht Burg Falkenstein
ihr Stolz nur Trug und Schein.
Statt Glamour, Mief, Gestank
innen lodern Streit und Zank.

Im Klo kämpfen Fliegen
wollen beste Bissen kriegen.
Unten, im kühlen Schatten
hausen tausend Ratten.

Gestank steigt in die Nase
überall riecht man Körpergase.
Dazu abgestandener Schweiss
träum von einem Bad ganz heiss.

Alle riechen aus zahnlos Mund

wie aus einem Jauche Schlund.

Brauchen Shampoo gegen Läuse

und viel Deo fürs Gehäuse.

Das Leben von uns Rittersleut

scheint romantisch, noch bis heut.

Stattdessen steter Kampf um Macht

Intrigen, Lügen, Niedertracht.

6. PRÜFUNG

Bevor zum Ritter wirst geschlagen
muss jeder eine Prüfung wagen.
Wie die Geschichte zeigt
hab ich diese fast vergeigt.

Als erstes müssen wir Aspiranten
einen Steinbrocken mit scharfen Kanten,
meilenweit schleppen,
das können selbst die grössten Deppen.

Danach ohne erschlaffen
es mit Prostituierten schaffen.
Diese Prüfung ist ziemlich beliebt
nur wenige haben sie versiebt.

Als drittes gehts, jetzt wird es rau
zu einem Grizzly in den Bau.
«Würg das Tier mit blossen Händen
solange bis es tut verenden»!

Ich denke mit hämisch Lachen
das werde ich spielend machen.
Geh in die Höhle, eins, zwei, drei
bald ertönt ein lauter Schrei.

Nach einer Weile, wer wird schlau
komme ich blutig aus dem Bau.
Ich hätt es mit der Bärin getan
jetzt seien noch die Mädels dran.

7. KRANK

Fühle mich seit Wochen krank
endlich ein Doktor, Gott sei Dank.
Verschreibt nach seinem Konzept
für alles stets nur ein Rezept.

Auf dass man neu erblühe
müsse raus die alte Brühe.
Er nimmt, es putzt mich schier
ein übel riechendes Klistier.

Das führt er mir, du schöner Rhein
mit einem Jauchzer, von hinten rein.
Danach scheint der Doc zufrieden
hätte ich ihn doch nur gemieden!

14

Drauf will er ganz unverfroren
die Prozedur gar wiederholen.
Ich sag nein, bin schnell gesund
nur der Arsch bleibt lange wund.

8. EIN EDLER RITTER

Vater Adalbert, ein wüster Krieger

ein Raubtier, im Kampf meist Sieger.

Schrecken, wenn er die Fäuste ballt

Kampfgeschrei durchs Tal erschallt.

Unter seinem eckigen Grind

wallt ein roter Bart im Wind.

Im Maul fehlen alle Zähne

schmutzig seine lange Mähne.

Schrecklich wenn im Dunkeln

seine feurigen Augen funkeln.

Wenn sich sein Schnauz bewegt

ist sein Gegner meist erlegt.

Den nächsten Satz sag ich ganz leis
kein Mann für einen Schönheitspreis.
Ein heller Blitz im Schlachtgewitter
man nennt auch ihn ein edler Ritter.

Schon sein Vater sagte – richtig
Schule ist überhaupt nicht wichtig.
Wichtiger als im Schrank alle Tassen
sind breite Schultern, Muskelmassen.

In seiner hohlen Birne
leuchten keine Gestirne.
Kurz gesagt, es ist halt so
er ist dumm wie Bohnenstroh.

Dummheit braucht man nicht zu klonen

sie überlebt meist Generationen.

Will sie dankbar begrüssen

andere müssen dafür büssen.

9. CHANCEN

«Als ich jung war», sagt die Mutter
«schien mein Leben noch in Butter.
Dein Vater war sanft und weich
er versprach das Himmelreich.

Heut leben wir mit unserem Tross
in diesem feuchten, alten Schloss.
Das Volk ist ausgepresst und arm
das ist kein Leben, Gott erbarm!

Ich denk an Bedivere, der Galante
der Trottel heiratete deine Tante.
Einst lag er mir zu Füssen
sagte nein, muss dafür büssen.

Ich denk an Lothar, den Hurensohn

der Faulpelz hockt auf seinem Thron.

Hätte ich sein Vermögen gerochen

ich hätt ihn hinterrücks erstochen.

Ich denk an Runkel von Rübenstein

mit Augenbinde, noch einem Bein.

Selbst der wär besser gewesen

als Adalbert, der treulose Besen!

Hab nur noch dich, mein Sohn

du bist mein gerechter Lohn.

Dein einzig Sinn im Leben

ist nach Macht zu streben.»

10. LIEBHABER

Papst Urban macht gehörig Dampf
fordert auf, «zum heiligen Kampf».
Benutzt immer die gleiche Schiene
schuldig diesmal die Muslime.

Sein eignes Leben nie riskiert
hetzt, bis das Volk marschiert.
Spielt den Mutigen zum Schein
«Fussvolk» wieder armes Schwein.

Einige muss man dazu zwingen
den Schlachtruf mitzusingen.
Sind gegen sinnlos morden
Heldenepos, blecherne Orden.

Justus, der junge Klosterpater
Hannas Lover, wilder Kater.
Hätte Kreuzzug gern gemieden,
und daheim geblieben.

Urban juckt es in den Waden
als er hört von den Eskapaden.
Er hat den jungen Kerl verflucht
ihm eine Kreuzzugreis gebucht.

Er soll dort sterbende Seelen
mit schlechtem Gewissen quälen.
Für ihn die Hände reiben
Sündenablass, Geld eintreiben.

11. KEUSCHHEITS-GÜRTEL

Adalbert schwärmt vom gelben Sand

von schönen Frauen im Morgenland.

Vom Kampf für seinen Glauben

im Namen Gottes töten, rauben.

Hanna bricht nicht in Tränen aus

endlich ist er aus dem Haus.

Muss wohl nicht erwähnen

wird sich einen Besseren nehmen.

Ihr Ehemann hat vorgesorgt
Keuschheitsgürtel sich geborgt.
Die muss sie ohne Klagen
immer um ihre Hüfte tragen.

Hanna denkt, du mieser Schuft
eher lande ich in der Gruft,
als ich mich lass in Eisen legen.
Ihr Plan ist gut, ja verwegen.

12. MEMME

Vater seine Fäuste ballt
seine Stimme laut erschallt.
Von einem Wahn ergriffen
hätt ich ihn nur zurück gepfiffen.

«Jerusalem mit Schmutz beschmiert
Christen wurden massakriert.
Jetzt schlachten wir und rauben
für unsren einzig wahren Glauben!»

«Was soll denn der Erlöserwahn
letztendlich sind wir selber dran.
Jesus predigt Friede, Nächstenliebe
wir sind doch keine Mörder, Diebe.

Krieg bringt Hunger, Tod und Seuche
Tausend aufgeschlitzte Bäuche.
Am Ende jeder nur verliert
Grausamkeit stets eskaliert.

Wir müssen niemanden belehren
gar nicht irgendwie bekehren.
Vor Gott sind wir alle gleich
Frieden ist das Himmelreich.

Doch ich hab es nicht gewagt
meine Meinung ihm gesagt.
Auch wenn ich dagegen stemme
fühle ich mich als feige Memme.

13. BESÄUFNIS

Die letzte Nacht im Schloss
feiert Adalbert mit seinem Tross.
Morgen geht's in den Orient
wehe, wer das Fest verpennt.

Nach Mitternacht machts PLUMS
Adalbert liegt am Boden, WUMS!
Für Hanna die glorreiche Stunde
sie bläst zu der finalen Runde.

Sie lässt, nicht zum ersten Mal
ins Zimmer schleppen den Gemahl.
Dort zieht sie ihm die Hosen aus
zieht ihren Keuschheitsgürtel raus.

Umgeben von alkoholischen Düften

schliesst sie den Gurt um seine Hüften.

Dann dreht sie zu das Schloss

schleicht leise aus dem Schloss.

Den Schlüssel schmeisst sie, oh je,

in den nächst gelegenen See.

Dann besteigt sie ihren Schimmel

fühlt sich frei fast wie im Himmel.

14. WEICHEI

Den allerschlimmsten Rausch
hat Ritter von Wattebausch.
Sich das Saufen nicht gewohnt
vom Vollrausch nicht verschont.

Zuerst muss der ungeeichte Geselle
fünf Mass leeren auf die Schnelle.
Als sich der Arme nicht mehr wehrt
starker Schnaps noch nachgeleert.

Wattebausch ist schmächtig, milde
Aussenseiter in wüster Gilde.
Vater denkt, sein Sohn sei schwul
in jener Zeit gar nicht cool.

Drum schickt er ihn, welch Betrug
auf den beschwerlich Kreuzeszug.
«Kehr zurück als richtiger Mann
der kämpfen, und beissen kann!»

Laut grölt das besoffene Ritterpack
Wattebausch ein reglos Sack.
Sie drehen wankend ihre Runden
weil ein Opfer sie gefunden.

Sie schliessen eine Wette ab
«Wer liegt zuerst im kühlen Grab?»
Alle tippen auf Ritter Wattebausch
der laut schnarcht in seinem Rausch.

15. ABMARSCH

Dutzende degenerierte Typen
konstruiert aus Adams Rippen.
Treffen sich mit Mann und Maus
vor dem feuchten, trutzig Haus.

Rotbart mit hängendem Schnauz
ist ein komisch Kauz.
Duzende Warzen im Gesicht
steife Glieder wegen Gicht.

Edler Ritter von Gallenstein
roter Rüssel wegen Wein.
Schaut von der Rübe in die Schnitz
plumpst herab vom hohen Sitz.

Edler Ritter von der Sau

flieht aus seinem Bau.

Vorbei das warme Ruhekissen

die Alte hat ihn rausgeschmissen.

Edler Ritter Birnenstock

bekannt als geiler Bock.

Lässt warme Betten liegen

will Exotischeres kriegen.

Frage mich sind die von Sinnen

wie sollen wir den Krieg gewinnen?

Müdes Lächeln im Gesicht

sind doch alle nicht ganz dicht.

16. KLAPPER-GESTELLE

Sie erweisen meinem Onkel die Ehre
der mühsam steigt auf seine Mähre.
Alle klatschen, und baden im Glück
wissen, der kommt nie mehr zurück.

Wendelin war ein Hurenbock
jetzt geht aber längst am Stock.
Nur noch Haut und Knochen
Starrsinn jedoch ungebrochen.

Ruhelos sein spitzes Kinn
steckt bestimmt der Teufel drin!
Will nochmals allen zeigen
wie man Gegner hackt in Scheiben.

Junge Männer, Zittergreise
starten auf ihre letzte Reise.
Träumen von grossen Heldentaten
niemand hat ihnen abgeraten.

Heilsversprechen und Parolen
entzücken meist auf leisen Sohlen.
Millionen sie ins Unglück stürzen
sinnlos kostbar Leben kürzen.

17. KREUZZUG

Unterwegs sind wir seit Wochen
das geht gehörig an die Knochen.
Sonne brennt, dann die Nässe
nicht nur Flachland, steile Pässe.

Lahme Rosse, statt Boliden
Hinterteil voller Hämorrhoiden.
Die wie Feuer brennen
verhindern das Pennen.

Füsse geschwollen
überall Knollen.
Beissen, Jucken
nervöses Zucken.

Den Panzer frisst der Rost
Wasser fault, dann halt PROST!
Am Proviant knappern Mäuse
überall Wanzen, Läuse.

Täglich sinkt die Kampfmoral
selbst das Aufstehen wird zur Qual.
Ach wär ich doch zuhaus geblieben
am liebsten bleibe ich gleich liegen.

Was soll ich in diesem fremden Land
weit herum nur trockner Sand?
Menschen hier wie du und ich
ich weine still, ganz bitterlich.

18. EIN EINZEL-SCHICKSAL

Da wär noch der alte Fesel

statt mit Pferd mit einem Esel.

Seine Rosse haben viel gelitten

hat sie alle zu Tode geritten.

Lag an seinen Schlägen nicht

eher an seinem Übergewicht.

Er sich angefressen hat

Dickwanst, ein Nimmersatt.

Morgens wälzt er sich aus dem Bett
Duzend Eier, Speck, mit viel Fett.
Noch eine fette, dicke Wurst
viel Schnaps noch für den Durst.

Als er will auf den Esel hocken
beginnt das Tier zu bocken.
Nun singt er halt aus voller Brust
«das Wandern ist des Müllers Lust.»

Wie soll der dicke Fesel nur
überleben die gewaltige Tortur?
Tausende Kilometer waten
ohne einen Festtagsbraten?

Beisst ganz fest auf die Zähne
vergiesst verstollen manche Träne.
Kasteien hat trotzdem Wonne
Kilos schmelzen an der Sonne.

Schon nach ein paar Wochen
nur noch Haut und Knochen.
Man lässt erschöpft ihn liegen
wird dafür Verdienstkreuz kriegen.

19. MISSGESCHICK

Seit Anbeginn, es ist zum Weinen
beisst es zwischen Vaters Beinen.
Er kann kein Weib besuchen
ein Leben für Eunuchen.

Adalbert hat genug gelitten
harten Keuschheitsgurt geritten.
Egal, was es ihn jetzt kostet
der muss weg, bevor er rostet.

Wagner, Schlosser, Schreiner
helfen kann ihm keiner.
Sehnlichst bittet Adalbert
zuzuschlagen mit dem Schwert.

Jeder weiss, das ist riskant
sitzt der Schlag nicht, er ist entmannt.
Keiner von den grossen Helden
will für diese Tat sich melden.

Einer wird, es ist kein Trost
für den Wahnsinn ausgelost.
Der raue Schlachtergeselle
tut es auf die Schnelle.

Nimmt das Schwert, hackt drauflos
trifft Adalbert voll im Schoss.
Der schreit vor Schmerz entsetzlich
weiss das Ding ist unersetzlich.

Bevor die erste Schlacht geboren
hat er sein bestes Stück verloren.
So enden Helden und Idole

nicht immer zu ihrem Wohle.

20. SÜNDEN-ABLASS

Adalbert spürt in der Lende
Lebenslicht geht bald zu Ende.
Drum bittet er ganz leise
Beistand, auf letzter Reise.

Geh auf weichen Sohlen
den Klosterpater holen.
Muss nicht in Hölle rösten
der Sündenablass solle trösten.

Adalbert beichtet ganz verstört
sein sündhaft Leben, unerhört.
Von Morden, Ehebruch, Intrigen
Sünden, die jetzt Tonnen wiegen.

Der Arme hängt am letzten Tropf
Justus packt die Chance beim Schopf.
Spürt vom Scheitel bis zum Nabel
jetzt ist der Sterbende spendabel.

«Edler Ritter, deine Sauereien
wird der Herrgott nur verzeihen.
Wenn du an mein Kloster denkst
uns dein Hab und Gut verschenkst.

Sonst musst in der Hölle braten
davon ist eh abzuraten.
Aus der Traum von süssen Kirschen
Höllenqualen, Zähneknirschen!»

Adalbert, mit blassen Wangen
muss um seine Zukunft bangen.
Unterschreibt mit zittrigen Händen
muss so meine Erbschaft enden?

Dann fliegt er weg direkt gen oben
dort will ihn aber niemand loben.
Bald in die Hölle abgestürzt
der Ablass hat ihm nichts genützt.

21. WENDELIN

Wendelin, wag ich leis zu fragen
wie geht's dir in diesen Tagen?
«Gell, es geht dir grottenschlecht
ist das richtig, hab ich recht?»

Der Alte, zu meinem Erstaunen
zeigt nicht schlechte Launen.
Er nimmt mich sanft beiseite
zeigt gestreckt in endlos Weite.

«Hast recht, denk weiter wacker
ich sei ein alter, seniler Knacker.
Eingefahren, stur, unflexibel
unangepasst, und unsensibel.

Es ist wahrlich kein Verbrechen

keinem Idealbild zu entsprechen.

Sich von niemandem zu ducken

auf Marschbefehl zu spucken.

«Onkel, auch du bist für lausig Orden

mordender Kreuzfahrer geworden.

Auch du mochtest heldenhaft sterben

im Himmel einen Logenplatz erben.

Wärst gescheiter bei deinen Lieben

daheim im Schloss geblieben.

Wirst den Kreuzzug nicht überleben

ja, dein Plan ging voll daneben».

«*Ich beisse mir auf die Zunge*
du bist wahrlich ein kluger Junge.
Manchmal kommts mir in den Sinn
dass auch ich nur Schosshund bin».

Bald war auch mein Onkel dran
mutig durchschritt er den Jordan.
Gestorben für Glaube und Vaterland
Erinnerung, ein Häufchen Sand.

22. SCHOSSHUND

«Ich einfältig Wicht
begreife nicht.
Was aus deiner Sicht
ein Schosshund ist».

So fragte ich Wendelin leise
der Alte schmunzelte weise.
Er erklärte mir ohne Poesie
seine «Schosshund Philosophie».

«Zuoberst auf dem goldenen Thron
sitzt oft ein böser Clown.
Voller Gier und Machtbesessen
immer hungrig, alles fressen.

Seine vielen Drecksarbeiter

klimmen hoch die Karriereleiter.

Weil sie wie Schosshunde bloss

hocken auf des Masters Schoss.

Sie tun, der Teufel soll sie holen

alles was ihnen wird befohlen.

Blind gehorchend, manipuliert

willenlos, und gut dressiert.

Für Prestige, Geld und Macht

werden Menschen umgebracht.

Die Kläffer foltern, morden

mit blutrünstigen Horden.

Zieht man sie zur Rechenschaft

werden Richter an gepafft.

Die schrecklich armen Geister

gehorchten nur dem Meister!»

23. MARTYRIUM

Wild spritz das Blut, Opfer stöhnen
Kämpfer schreien, Hörner dröhnen.
Schädel fallen, wie Ähren im Wind
möchte schreien, Menschenskind!

Was ist das für ein Lümmel
inmitten vom Schlachtgetümmel?
Ohne Panzer, ohne Schwert
nicht lange bleibt der unversehrt.

Ruf ihm zu, «du dumme Tusse
vergiss den Unsinn mit der Busse.
Wenn der Kessel unter Dampf
zählt nur noch Überlebenskampf!»

Wattebausch will mich nicht hören
predigt weiter, lässt sich nicht stören.
«Liebet einander!» ruft er in den Knäuel
leere Worte nur, welch ein Gräuel.

Ein Schwert gezückt, zwei Streiche
am Boden liegt die kopflos Leiche.
Wurde nicht mal heiliggesprochen
verscharrt, vergessen in zwei Wochen.

24. TOTENTANZ

Geschwunden die Lebenskraft
fast alle wurden hingerafft.
Die einst ausgezogen
stümperhaft betrogen.

Den Rotbart hats erwischt
sein Licht zuerst erlischt.
Kämpft zuvorderst auf seine Bitte
man entzweit ihn in der Mitte.

Ritter von Gallenstein
schenkt sich noch einen ein.
Sein Stündchen schlägt nur kurz
ein Rülpser noch, ein lauter Furz.

Auch Ritter von der Sau

bietet keine lange Schau.

Meuchlings nieder gestochen

als er sich will Schinken kochen.

Selbst Sirius, die feige Ratte

liegt bald tot auf der Matte.

Hat vergebens sich versteckt

von einem Säbel niedergestreckt.

Auch Ritter Birnenwichser

der allerschlimmste Trixer.

Liegt in der Grabes Kühle

als er erstmals spürt Gefühle.

Mit Syphilis und Tripper

endet Birnenstock ganz bitter.

Die Seuche hat ihn schnell erschlafft

man sagt, er starb ganz heldenhaft.

25. GOTT

Papst Urban in seinem Wahn
ruft seinen Herrn und Gebieter an.
Ungläubige seien bald vernichtet
viel Sündenablass aufgeschichtet.

Er wolle den der Kirche anvertrauen
viele, viele Paläste bauen.
Und fürs Parieren
in kostbare Weine investieren.

«Dummes Zeug», tönt es von oben
«statt mich mit grossen Tönen loben.
Musst du mich nicht mehr verdriessen
mit diesem sinnlosen Blutvergiessen.

Statt Liebe streust du Hass
deine Habgier, die ist krass.
Verzichte gerne auf deinen Sold
brauch kein Palast aus edlem Gold».

«Vater, du sagtest mir ganz klar
als Einziger sei ich unfehlbar.
Deine Schelte ist voll daneben
opfere dir mein ganzes Leben».

«Du lebst in meinem Gotteshaus
jeden Tag in Saus und Braus.
Predigst Wasser, trinkst teuren Wein
zum Teufel mit dem Heiligenschein!»

26. RECHTS-UMKEHRT

Ich denke, oh Menschenskind
was wir nur für Narren sind!
Was soll ich mit dieser Bande
in diesem fremden Lande?

Ganz vorne, stolz auf seinem Ross
hockt der Führer, er ist der Boss.
Er brüllt mit heiserer Kehle
seine einfältigen Befehle.

Die dahinter sind nicht gescheiter
sie geben alles einfach weiter.
Kadavergehorsam wohin man schaut
immer nicken, sehr vertraut.

Zuhinterst folgen die Knechte
raue Gesellen ohne Rechte.
Werden meist zuerst geschlachtet
vom Adel trotzdem kaum beachtet.

Die Narren folgen den Narren
dem Feind entgegen karren.
Sind wir alle blöd und dumm
keiner fragt einmal- warum?

Vater sagte, wer desertiert
nicht nur seinen Ruf verliert.
Was kümmern mich die Leute
bin nicht mehr ihre fette Beute?

Mache heimlich rechtsumkehrt
bleibe nur deshalb unversehrt.
Raus, hinaus ans Licht
tote Helden braucht es nicht.

27. KLÜGSTER

Ich komme ganz allein

mit meinem treuen Esel heim.

Er lässt seine Ohren hängen

auch er übt sich im Verdrängen.

«IA, IA, ihr dummen Däppen

braucht uns nur zum Schleppen.

Um mit Rüstung, Speere, Lanzen

auf dem Feind herumzutanzen.

Ohne Last auf unseren Schinken

hättet nichts zum Essen, Trinken.

Wenn wir im Schloss geblieben

hättet ihrs allein getrieben?

Uns Esel kann man schikanieren
früh lehrt man uns parieren.
Unser Wesen bockig, stur,
Dummheit präge die Natur.

Wer ist denn wirklich dumm
und bringt sich selber um?»
Höre noch ein leises Brummen
die Klügsten seien oft die Dummen.

28. HAREM

Möchte noch ganz kurz erwähnen
Hanna vergiesst Freudentränen.
Als ich durch das Schlosstor trete
dankbar ein paar Zeilen bete.

«Wo ist Justus, mein süsser Schwarm
lebt er noch, ist er noch warm?
Treue hat er mir versprochen
höre nichts von ihm, seit Wochen».

«Mutter, musst nicht bangen
Muslime haben ihn gefangen.
Man sagt, er hätt pariert
sei zum Islam konvertiert.

Man hätte ihm, statt gehenkt

ein ganzes Harem geschenkt.

Verrichte dort in Schichten

seine ehelichen Pflichten».

Hanna lacht, «mein Kapuziner

warst immer ein Schlawiner.

Man kann auf vielen Schienen

Platz im Himmel verdienen».

29. WITWEN-SCHMAUS

Hanna lädt ohne schlecht Gewissen

zu Ehren die ins Gras gebissen.

In ihr feuchtes steiniges Haus

zum opulenten Witwenschmaus.

Die Witwen kauen mit viel Mumm

auf weich gekochten Penissen herum.

Wildschweinhoden, blutig Herz

helfen über den grössten Schmerz.

Oh du verdammter Mist

der überhaupt nicht vorhanden ist.

Keine der lustigen Weiber

vermissen ihre Männer Leiber.

Für Hanna ist Adalbert
nicht mal eine Bemerkung wert.
Sie war noch nie ein Männertreu
vergnügt sich lieber im weichen Heu.

Rotbart mit dem hängenden Schnauz
macht auch nicht mehr gross Raubauz.
Sie lässt sich nun von einem Schönen
in hundert Stellungen verwöhnen.

Auch Frau von Ritter Gallenstein
geniesst ihr neues Single Sein.
Verzichtet gern auf stinkig Rauch
Birnenschnaps und Tabak auch.

Selbst Frau Ritter von der Sau
stellt sich richtig gross zur Schau.
Sie hoffe, dass der doofe Alte
in der Wüste ganz erkalte.

Die Frau von Ritter Birnenstock
hebt freudig ihren langen Rock.
Stösst dann aus ein lautes PUH
auch unten gäbe es endlich Ruh.

30. HELDENTATEN

Zum Witwenfeste eingeladen

sollt ich ein paar Worte sagen.

Und viele Geheimnisse lichten

wilden Abenteuern berichten.

Natürlich habe ich mich geniert

schliesslich bin ich desertiert.

Weil ich selber auch betrogen

hab ich einfach frech gelogen.

Erzähl von ungläubigen Tröpfen

weggemäht beim Morden, Köpfen.

Dass ich nur deshalb überlebt

weil ich am meisten umgelegt.

Die ganze Wahrheit lass ich missen

vor Angst hab in die Hosen geschissen.

Dass mein Gebiss laut geklappert

als der Sensenmann geplappert.

Erfinde Helden mit viel Trara

das Weibervolk schreit laut Hurra!

Ich denk, auch ihr seid Narren

vorgespannt vor meinen Karren.

31. ZIVILISATION

Als ich vom Tiefschlaf erwacht

hab ich erst mal laut gelacht.

Die Vergangenheit war allzu hart

jetzt ist wieder Gegenwart.

Schau herum, die Augen strahlen

geheizter Raum, frisch gemahlen.

Dreh mit Vorsicht an das Licht

rufe laut, das gibt's doch nicht!

Schau verwundert an die Decke

gehe ins WC, gleich um die Ecke.

Schnuppere mit meinem Rüssel

an der sauberen WC Schüssel.

Nehme erstmals richtig wahr
Hahnenwasser, sauber, klar.
Lass es fliessen durch meine Kehle
welch Wohltat für Leib und Seele.

Dann schnall ich enger meine Hose
bedanke mich für die Hypnose.
Sie hat klar aufgezeigt,
habe alles selbst vergeigt.

32. HANDELN

Die Träume lassen mich nicht los

machen klein mich, manchmal gross.

Ich weiss, ich muss jetzt handeln

dass mein Schicksal sich kann wandeln.

Ich träum, ich würd die Zeit jetzt nutzen

meinem Chef die Kutteln putzen.

Mutig klopf ich an seine Bürotür

nach der Pflicht, jetzt die Kür!

Kleiner, dicker Brillenmann

jetzt kommst du selber dran!

Hockt wie immer auf seinem Stuhl

feg ihn weg, ist das nicht cool?

Plötzlich, ich weiss nicht wie

zittern meine beiden Knie.

Dort hockt, sehe ich recht

ein Muslim, ist der echt?

Darauf hab ich mein Schwert gezückt

Glatzkopf schreit, «sie sind verrückt!»

Dann rennt er in den Gang hinaus

schon bald lieg ich im Narrenhaus.

33. NARRENHAUS

Im Narrenhaus
gehen Narren ein und aus.
Ohne Programme, und Struktur
läuft hier eine seltsam Kur.

Hier gibt es keinen Zwang
Freiheit heisst der Lobgesang.
Weggeputzt die Hierarchie
keiner sagt dem andern-Wie.

Kein Platz für Neider
alle tragen Narrenkleider.
Wertlos jeder Doktortitel
lebe hoch der Narrenkittel!

Doch Chaos unerträglich
schrecklich Durcheinander täglich.
Sie streiten, prügeln, raufen
andere stumm im Kreis rumlaufen.

Köpfe werden umgedreht
jede Hilfe wird verschmäht.
Meine Drähte laufen heiss
ist das totaler Freiheit Preis?

Die vielen Psychiater
bescheren manchen Kater.
Bis ich endlich spür, welch Graus
die ganze Welt ein Narrenhaus!

34. KRISEN-SITZUNG

Therapiert, voller Tatendrang

eil ich durch den schmalen Gang.

Schnell hinein ins Sitzungszimmer

schlechte Stimmung, fast wie immer.

Gelangweilt hocke ich im Sessel

um mich herum dampft der Kessel.

Glatzkopf hat schlechte Zahlen

gönn ihm heimlich diese Qualen.

Ich lass den Alten schäumen

fange wieder an zu träumen.

Wähne mich, als kleiner Gof

auf einem alten Bauernhof.

Leitung HR, eine Ziege
meckert leise mit Intrige.
Lenkt Glatzkopfs Gelüste
auf ihre vollen Brüste.

Leiter Einkauf, fetter Eber
ein Juwel für Arbeitgeber.
Bünzli sonst, steifer Bürger
stolzer «Lieferantenwürger».

Leiter Verkauf, dummes Schaf
blökt sich in den Winterschlaf.
Nur kein Stress, Testosteron
zwei Jahre noch bis Pension.

Leiterin Finanzen, blödes Huhn
warum muss sie so wichtig tun?
Gackert stolz über Ist und Soll,
es ist nur «Schadenprotokoll».

Hebe langsam meine Lider
strecke gähnend meine Glieder.
Darauf mache ich laut MUH
eine nennt mich dumme Kuh.

35. KÄLBER

Die denken jetzt, ich sei verrückt

weil ich mich tierisch ausgedrückt.

Doch wenn ich schau in ihre Gesichter

sind die andern auch nicht dichter.

Habe mich lange geschunden

endlich meinen Weg gefunden.

Bin weder Kuh noch armer Hund

kenne jetzt den wahren Grund.

Gehörte zu den beschränkten Geister

die verzweifelt suchen ihren Meister.

War vernarrt in andere Kälber

statt zu glauben an mich selber.

Jeder von uns Narren

zieht seinen eigenen Karren.

Beladen mit Gold, und Mist

das ist halt so, es ist wies ist.

36. DUMMHEIT

Manchmal kommen Zweifel pur

wichtig seien die andern nur?

Die, die hocken an der Macht

die gamblen bis es kracht.

Vertrauen wir blind solch Narren

stossen sie unseren Karren,

den steilen Hang hinab,

in unser eignes Grab.

Hilfloser Opfer ungeachtet

wird bis heute abgeschlachtet.

Macht des Stärkeren sei Natur

ist das nicht Dummheit pur?

Diese verfluchten Narren
sollen in die Hölle fahren!
Lass dich niemals unterkriegen
solch Narren niemals siegen!

37. KIRCHEN-FÜRSTEN

Greise Kirchenfürsten jammern
an Macht und Würde klammern.
In alten Zeiten erstarren
statt vorwärts mit dem Karren.

Trumpf nicht mehr «Höllenqualen»
wer kümmert hohe Austrittszahlen?
Dabei bräuchten wir wie nie
christliche Lebensphilosophie.

Nächstenliebe, Toleranz
ohne weltlich Firlefanz.
Nicht leere Worte, Sprüche
weihrauchartige Gerüche.

84

Religionen sollen Frieden stiften

statt die halbe Welt vergiften.

Höchste Zeit für jüngere Narren

die ölen den rostigen Karren!

38. MACHT!

Allzu oft sind alte Narren
die auf ihrer Macht beharren.
Weil sie nichts mehr hassen
als endlich loszulassen.

Alte möchten bewahren
am liebsten rückwärtsfahren.
Gründe dafür sind doch klar
weil damals alles besser war?

Wir kennen es im Überdruss
das ganze Leben ist im Fluss.
Auch wenn wir Mauern bauen
können wir den Fluss nicht stauen.

Alte Narren sind erfahren

kennen viele Gefahren.

Junge Narren sind noch frisch

wischen altes Zeugs vom Tisch.

Am besten ein gesunder Mix

Alt und Jung, zusammen fix.

Bauen einen neuen Planeten

Liebe statt Kampf Moneten.

39. AUFBRUCH

Trotz vielen dummen Narren
zieh ich lustvoll meinen Karren.
Kostet ab und zu viel Schnauf
doch ich spür, es geht bergauf.

Angst macht mich zur feigen Ratte
legt mich heimlich auf die Matte.
Werde nicht mehr von ihr fliehen
mutig meinen Karren ziehen.

Lass Ziele nicht von andern setzen
die mich ins Verderben hetzen.
Gönn mir ab und zu eine Pause
sonst bin ich schon morgen mause.

Lass mich nicht mehr manipulieren

keine Angst mehr vom Verlieren.

Freude, Dankbarkeit zu leben

will sie mit Liebe weitergeben.

Sollte trotzdem Angst anklopfen

lass sie frei, brauch keine Tropfen.

Nehme sie, dass Gott erbarme

liebevoll in meine Arme.

Meinte auf meiner Lebenstour

die anderen seien Narren nur.

Zu den allergrössten Kälber

gehöre ich halt selber!

40. NARREN-FREIHEIT

Stell dir vor, ein Leben lang
Narrenfreiheit, anstatt Zwang.
Weil du sagst, was du denkst
du dich immer selber lenkst.

Stell dir vor, ein Leben lang
Narrenfreiheit, anstatt Zwang.
Lass das Gestern freudig los
morgen ist nur morgen bloss.

Stell dir vor, ein Leben lang
Narrenfreiheit, anstatt Zwang.
Zerreissest altes Spinngewebe
Sorgen vergessen – endlich lebe!

Stell dir vor, ein Leben lang
Narrenfreiheit, anstatt Zwang.
Immer zu einem Scherz bereit
herzhaft lachen stets befreit.

Stell dir vor, ein Leben lang
Narrenfreiheit, anstatt Zwang.
Wir alle wurden frei geboren
nur wer aufgibt ist verloren.

Stell dir vor, ein Leben lang
Narrenfreiheit, anstatt Zwang.
Ob du Stier bist oder Kuh
der einzige Chef bist du!

Drum vergesse bitte nie
Narren sind kein Massenvieh!
Glückliche, freie Narren
ziehen ihren eignen Karren!

9 7 9 8 8 3 5 8 3 9 7 7 3